AF595159

# Fanfan la Tulipe

Texte par P. Bilhaud

Illustrations par JOB

Ducourtioux & Huillard, sc.

HACHETTE & C^{IE}

1896 PARIS

Cette histoire se passe en France
Au milieu du siècle dernier.
Donc, à cette époque, en Provence
Habitait un vieux jardinier.
Or, un matin, quelle surprise!
Il vit un enfant en chemise
Assis par terre dans les fleurs,
Tulipes aux mille couleurs.

Sans doute il n'a père ni mère,
Dit le jardinier attendri.
— Gardons-le, dit la jardinière.
— Soit! gardons-le, dit son mari,
« Et sur-le-champ, nom d'une pipe!
« Nommons-le Fanfan la Tulipe! »
Et, dans les tulipes trouvé,
La Tulipe il fut dénommé.

BIEN portant, beau garçon, très sage,
Fanfan la Tulipe grandit
Et, quand il eut dix-huit ans d'âge,
Un jour, au jardinier il dit :
« Jardiner ne m'amuse guère;
« Moi, je voudrais faire la guerre.
« C'est pourquoi je vais m'engager,
« Pour me battre avec l'étranger. »

LE soir, dans une hôtellerie,
Devant trois soldats, bravement,
En criant : « Vive la patrie! »
Il signa son engagement.
Dès qu'il eut déposé la plume,
On le vêtit d'un beau costume.
En route pour le régiment!
Fanfan la Tulipe, en avant!

Marche de Fanfan la Tulipe
Allegro
PIANO
mf
f
mf
f

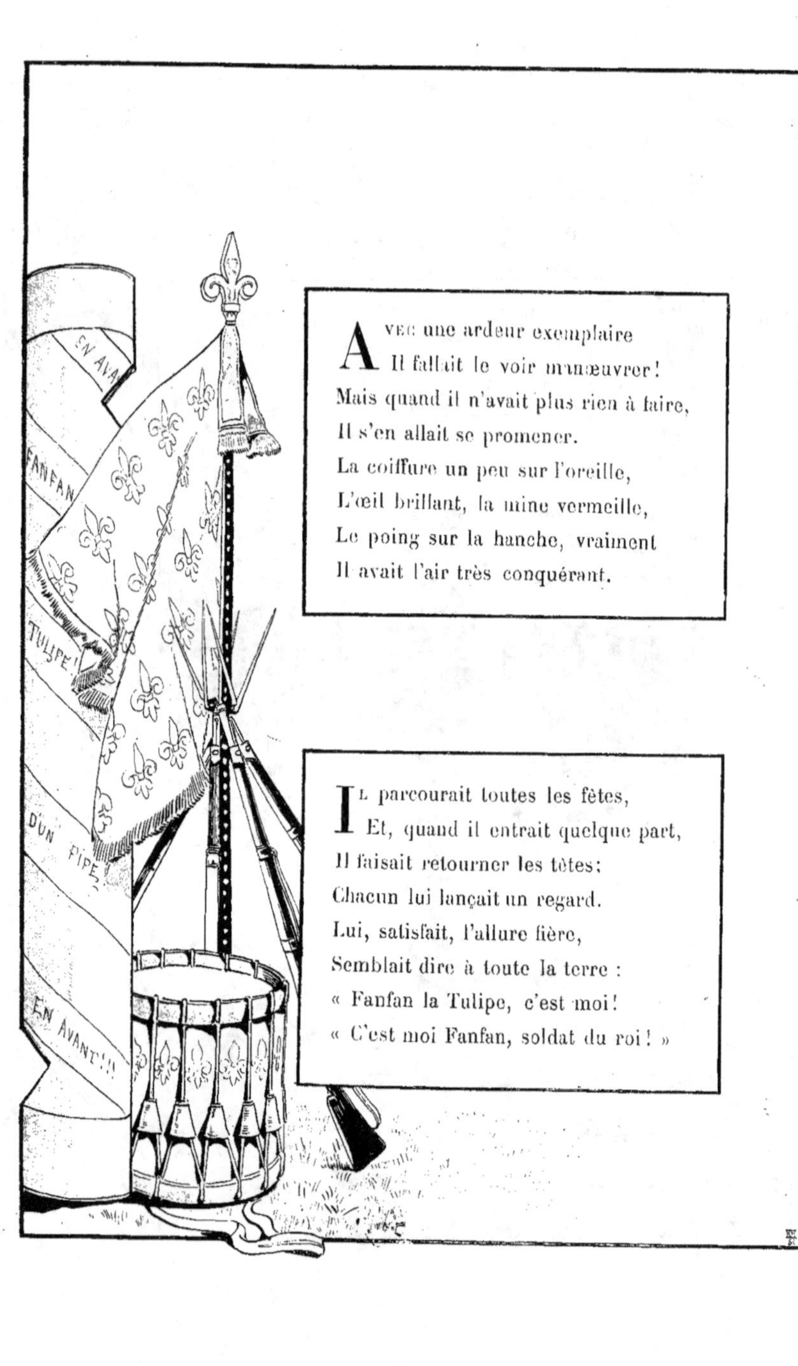


Avec une ardeur exemplaire
Il fallait le voir manœuvrer!
Mais quand il n'avait plus rien à faire,
Il s'en allait se promener.
La coiffure un peu sur l'oreille,
L'œil brillant, la mine vermeille,
Le poing sur la hanche, vraiment
Il avait l'air très conquérant.

Il parcourait toutes les fêtes,
Et, quand il entrait quelque part,
Il faisait retourner les têtes:
Chacun lui lançait un regard.
Lui, satisfait, l'allure fière,
Semblait dire à toute la terre :
« Fanfan la Tulipe, c'est moi!
« C'est moi Fanfan, soldat du roi! »

GALIMAIRE

EN AVANT,
FANFAN, LA
TULIPE ! MIL
MILLIONS D'
UN PIPE, EN
AVANT
C'était un soldat sans reproche
Et c'était un cœur généreux,
La main toujours prête à la poche
Pour soulager les malheureux,
Ces pauvres gens que la misère
Poursuit d'une affreuse manière,
Et qui font, n'ayant pas le sou,
Du bouillon avec un caillou.
Sachant son âme généreuse,
Les pauvres venaient se placer
Dans la rue, en file nombreuse,
Par où Fanfan devait passer.
Et Fanfan, l'âme très émue,
Donnant, tout le long de la rue,
Quelque chose à chaque indigent,
Il ne lui restait plus d'argent.

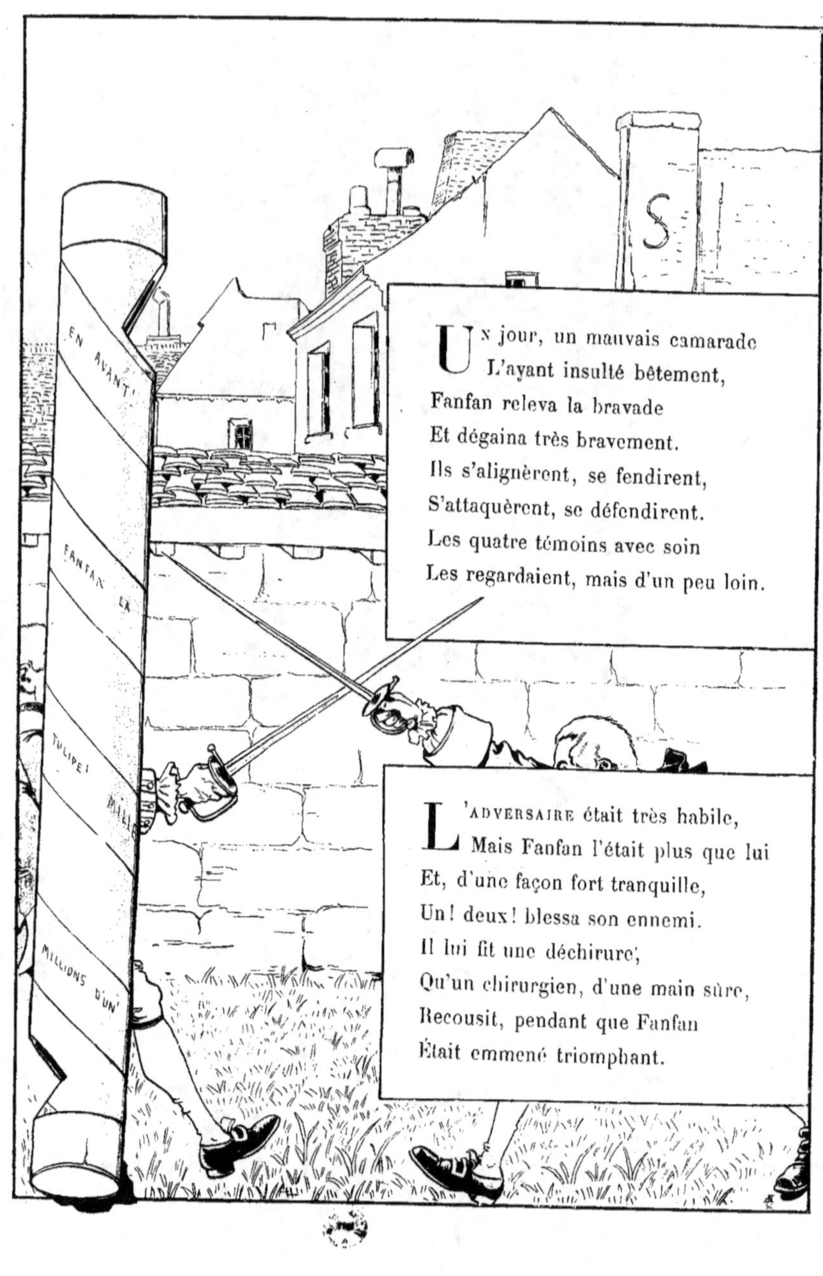
EN AVANT!
FANFAN LA
TULIPE!
MILLE
MILLIONS D'UN'
Un jour, un mauvais camarade
L'ayant insulté bêtement,
Fanfan releva la bravade
Et dégaina très bravement.
Ils s'alignèrent, se fendirent,
S'attaquèrent, se défendirent.
Les quatre témoins avec soin
Les regardaient, mais d'un peu loin.
L'adversaire était très habile,
Mais Fanfan l'était plus que lui
Et, d'une façon fort tranquille,
Un! deux! blessa son ennemi.
Il lui fit une déchirure,
Qu'un chirurgien, d'une main sûre,
Recousit, pendant que Fanfan
Était emmené triomphant.

Mais bientôt éclata la guerre,
Et Fanfan se disait, joyeux :
« Je m'ennuyais à ne rien faire,
« On va se battre un peu, tant mieux! »
Quand on eut passé la revue
Des soldats en grande tenue,
Un commandement retentit :
« En avant! marche! » Et l'on partit.

On fit une très longue route,
Sans apercevoir l'ennemi;
Il devait avoir peur, sans doute,
Ou bien il s'était endormi.
Les gens des champs, les gens des villes,
Avec des façons fort civiles,
En attendant le grand moment,
Logèrent tout le régiment.

L'ENNEMI se fit bien attendre.
Il fut signalé tout à coup.
Brr! Il gelait à pierre fendre,
Il neigeait! Brr! un froid de loup!
Fanfan fut mis en sentinelle
Et pensait, battant la semelle :
« On devrait bien, en vérité,
« Faire la guerre en plein été! »

LE pauvre, malgré son courage,
Devenait vert, violet, bleu,
Soufflait dans ses doigts avec rage
Et s'engourdissait peu à peu.
Il s'appuya le long d'un arbre,
Et s'endormit, plus froid qu'un marbre,
Sans voir qu'un cosaque, de loin,
Venait sur lui la lance au poing.

Un bruit l'éveille. « Ah! un cosaque!
« Il est sur moi! Je suis perdu!
« Je ne veux pas que l'on m'attaque
« Pourtant sans m'être défendu. »
Notre héros qui n'est pas bête,
Rapidement baisse la tête,
La lance passe par-dessus,
Entre dans l'arbre et n'en sort plus.

Bondissant comme une panthère,
Fanfan saute sur l'ennemi,
Le saisit, le renverse à terre
Et dit : « A nous deux, mon ami! »
Au tronc de l'arbre il le ficelle,
Et, montant vivement en selle,
Il s'en va d'un air triomphal,
Avec la lance et le cheval.

EN AVANT, FANFAN LA
TULIPE, MILL' MILLI-
ONS D'UN' PIPE, EN
AVANT !!
Fanfan, heureux de sa conquête,
Au camp veut vite retourner.
Mais voilà la maudite bête
Qui ne veut pas l'y ramener.
Elle va dans le sens contraire.
Fanfan a beau dire, beau faire,
L'entêté cheval, malgré lui,
Le ramène au camp ennemi.
Aux armes ! Alerte ! Bataille !
Fanfan se bat en vrai lion,
Frappe d'estoc, frappe de taille,
Traverse comme un tourbillon
Et regagne son camp bien vite.
Le général le félicite,
Et Fanfan pensait : « C'est égal,
« Ça, c'est la faute du cheval ».

Pour récompenser son beau zèle,
Et sans lui laisser de répit,
On le remit en sentinelle,
Mais cette fois c'était la nuit.
Et malgré sa gaîté française
Il n'était pas très à son aise.
Tout seul, dans l'ombre, par le fait,
Ça produit un drôle d'effet.

En face de l'armée anglaise
Le lendemain on se trouva.
Fanfan était plus à son aise;
Il prit son chapeau, le leva,
Et, saluant l'armée entière,
L'air décidé, l'allure fière,
Il dit en excellent français :
« Après vous, Messieurs les Anglais ! »

La Charge
Vif et agité
LA CHARGE
Fanfan la
Canon
Animez peu a peu
Canon
cresc.

A la charge, nom d'une pipe !
Cria Fanfan, courant devant.
« En avant, Fanfan la Tulipe !
Fanfan la Tulipe, en avant ! »
Ah ! mes enfants, quelle victoire !
C'est ça qui fait bien dans l'histoire !
Où donc est Fanfan ! Tué ? Non,
Il a même pris un canon !

Le soir même, musique en tête,
Pour marquer son contentement,
Sa Majesté très satisfaite
Harangua tout son régiment.
Et le roi Louis le quinzième
Tint à féliciter lui-même
Fanfan, qui, tout troublé, ma foi,
Dit : « Merci bien, Monsieur le Roi ».

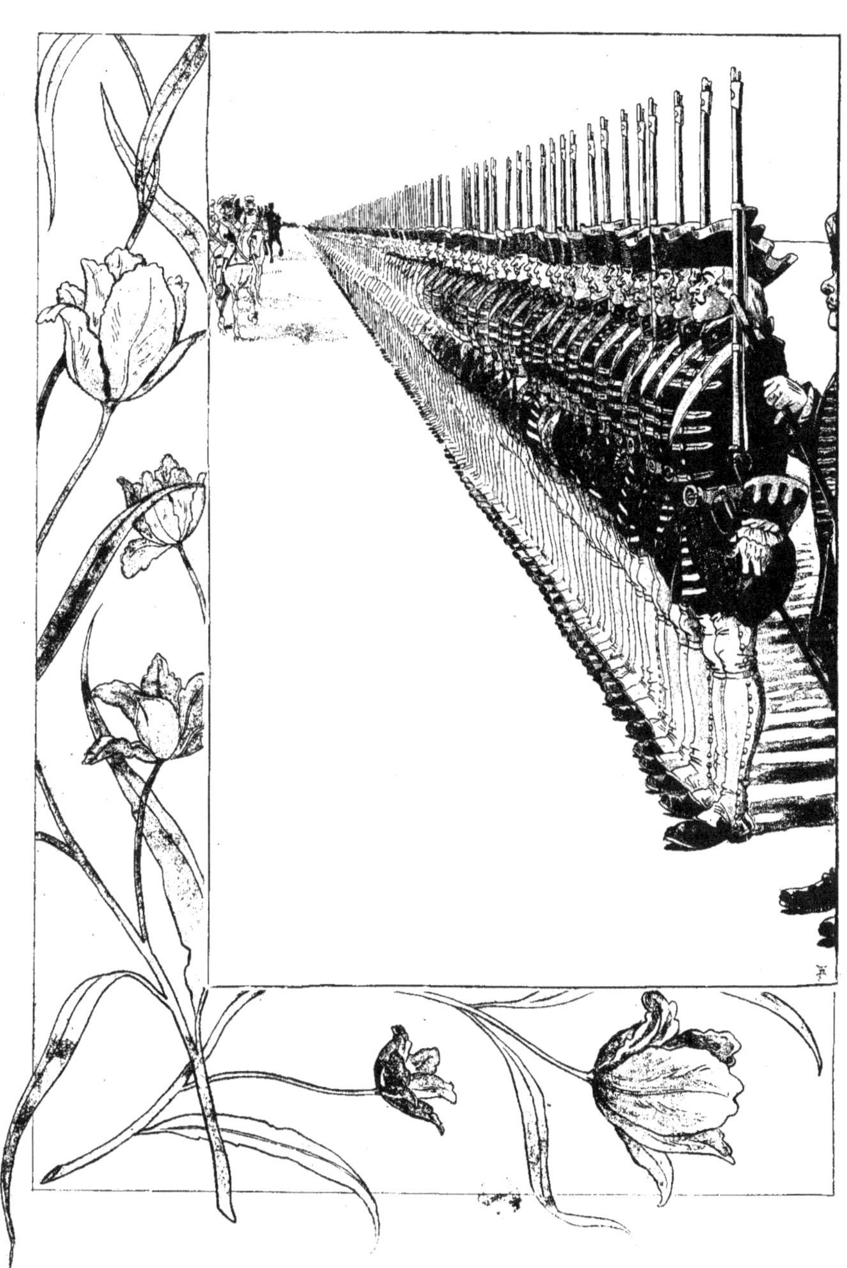

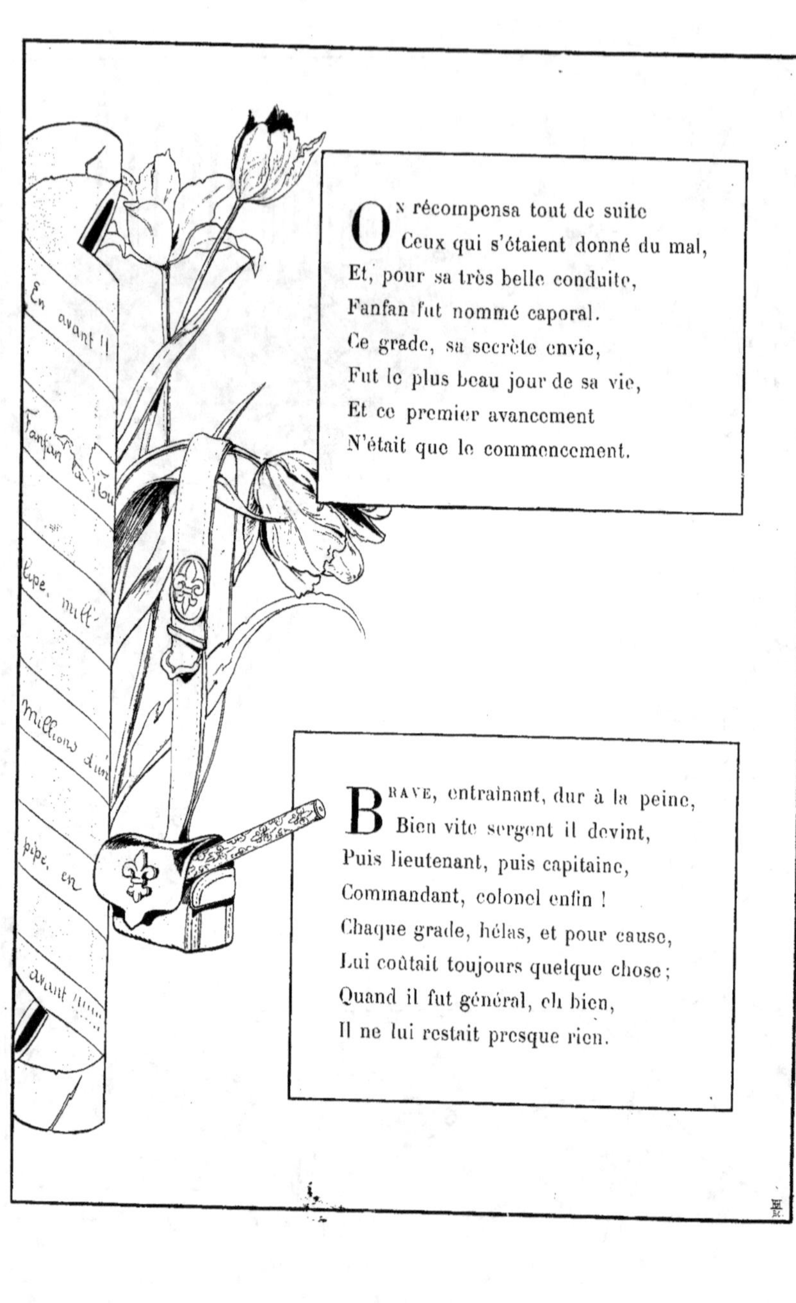


On récompensa tout de suite
Ceux qui s'étaient donné du mal,
Et, pour sa très belle conduite,
Fanfan fut nommé caporal.
Ce grade, sa secrète envie,
Fut le plus beau jour de sa vie,
Et ce premier avancement
N'était que le commencement.

Brave, entraînant, dur à la peine,
Bien vite sergent il devint,
Puis lieutenant, puis capitaine,
Commandant, colonel enfin !
Chaque grade, hélas, et pour cause,
Lui coûtait toujours quelque chose ;
Quand il fut général, eh bien,
Il ne lui restait presque rien.

Marche funèbre de Fanfan la Tulipe.
Lent et soutenu
p
doux et expressif
8ª basse
en mourant
8ª basse
8ª basse
pp

Il continuait à se battre,
Mais un jour il ne lui resta
Même pas un membre sur quatre....
Hélas ! Alors il s'arrêta.
Après des services splendides,
Il dut entrer aux Invalides,
Heureux, car, bonheur sans égal,
Il était nommé maréchal !

Le brave Fanfan la Tulipe
Vécut encore quelque temps,
Racontant, en fumant sa pipe,
Ses combats aux petits enfants.
Puis il mourut, et sur sa pierre
On inscrivit sa vie entière.
Il fut pleuré par son vieux chien,
Son bon vieux chien qui l'aimait bien.

PAUL BILHAUD.

Paris. - Typ. Chamerot et Renouard, 19, rue des Saints-Pères.

www.ingramcontent.com/pod-product-compliance
Lightning Source LLC
LaVergne TN
LVHW021648170726
843501LV00007B/2471

* 9 7 8 2 3 2 9 6 5 4 3 7 9 *